CB065107

Tenho tantas pessoas especiais a quem eu poderia dedicar este livro, como meus pais, Deusdete e Valdelice, meu amado filho Fernando e ao querido Sérgio, pelo incentivo à escrita.

Mas a mais sincera dedicatória é para o próprio Malinha.

Ele foi muito mais do que um gato na minha vida; foi um companheiro de todos os momentos.

Juntos, passamos algumas dificuldades e vivemos grandes alegrias!

Malinha, você é inesquecível, e o poder do seu ROM-ROM deixou minha vida mais leve!

Meu coração ainda faz ROM-ROM por você!

Arlete

Copyright © 2023, Arlete Bačić
Todos os direitos desta edição reservados à Editora Volta e Meia.

Editora Volta e Meia Ltda.
Rua Engenheiro Sampaio Coelho, 111
04261-080 – São Paulo – SP
Fone: (11) 2215-6252
www.editoranovaalexandria.com.br

Textos: Arlete Bačić
Capa e ilustrações: Rafael Limaverde
Coordenação Editorial e Revisão: Laís de Almeida Cardoso
Editoração Eletrônica: Mauricio Mallet Art&Design

Dados Internacionais de Catalogação na Publicação (CIP)
Pedro Anizio Gomes - CRB-8 8846

C268m   Bačić, Arlete (autora). Cardoso, Lais de Almeida (coord.).

Malinha e o poder do rom-rom / Coordenadora: Laís de Almeida Cardoso; Arlete Bačić autora; Ilustrações de Rafael Limaverde. – 1. ed. – São Paulo, SP : Editora Volta e Meia, 2023. 56 p.; il.; 21 x 21 cm.

ISBN 978-65-89427-29-2

1. Adoção. 2. Animais. 3. Literatura Infantil. 4. Livro Ilustrado.
I. Título. II. Assunto. III. Coordenadora. IV. Autora.

CDD 028.5
CDU 087.5(81)

Índices para catálogo sistemático:
   1. Literatura Brasileira: Infantil.
   2. Literatura: Infantil, juvenil, livros para crianças, livros de figuras (Brasil).

Arlete Bačić

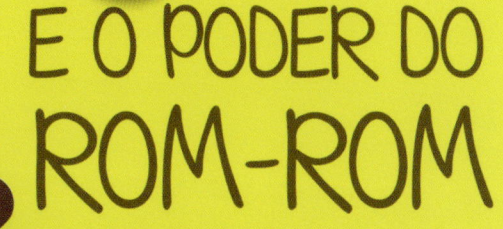

MALINHA
E O PODER DO ROM-ROM

Ilustrações: Rafael Limaverde

1ª Edição - São Paulo - 2023

VOLTA E MEIA

Eu era assim, quando morava no laboratório de uma faculdade e me chamavam de **Gato Mala**!

7

Eu vivia no hospital da faculdade de veterinária.
Dentro de uma gaiola.
Eu era um doador de sangue e salvava a vida de vários gatinhos.

Todas as pessoas me chamavam de Gato Mala.
Diziam que eu era bravo. E eu era mesmo, ora bolas!
Você gostaria de morar numa gaiola e ser
tirado só para receber agulhadas?

10

As noites eram **frias** e **assustadoras**, na minha gaiola.

Mas, no fundo, eu gostava de ser um **herói**!

O **GATO MALA** salvou outro gatinho!

Um dia ouvi os professores falarem:
- O Gato Mala precisa de uma família. Não podemos mais usá-lo como doador!

Poxa! Eu era um herói...
E agora? O que vai ser de mim?
Fiquei com muito medo.
E nem sabia o que era uma família.

Um dia, uma moça chamada Ângela veio me buscar.

Ela me tirou da gaiola e me colocou em uma caixinha de transporte, dizendo:
- Gato Mala, você vai morar com a minha irmã Arlete!
Mas, antes, vamos às compras.
E lá fomos nós! Eu nem podia acreditar...

Quando chegamos, Arlete abriu a porta da caixinha.
Ela tinha um sorriso muito lindo.
Nunca tinham sorrido assim para mim.
- Onde está meu bebê?
Ela parecia feliz com a minha chegada.

Mas eu estava bem desconfiado.

19

— Como ele se chama? — Arlete perguntou.
— O pessoal na faculdade o chamava de "Mala" — respondeu Ângela.
— "Mala"? Pois eu vou chamá-lo de MALINHA.

E falou com tanto carinho que eu entendi que ela, a Arlete, seria a minha família.

Arlete tentou me pegar e eu fiz um "**fuuu**" bem na cara dela.
Depois fugi para debaixo do fogão.
Ali passou a ser meu esconderijo por vários dias.

Quando ela estava longe, eu saía
para conhecer melhor a casa, mas era só
ouvir seus passos que, **ZAPT**,
voltava para o meu lugar secreto.
Arlete foi paciente comigo.
Ela deixava o meu pratinho por perto
e saía da cozinha.

Aos poucos, fui me acostumando com meu novo lar. Arlete saía para trabalhar e eu aproveitava para explorar o ambiente.

Era uma casa engraçada. Tinha uma árvore no meio da sala.

Virou meu lugar preferido.

Eu subia até a parte mais alta, e, às vezes, caía lá de cima com o galho e tudo!

E o caule era muito bom para afiar as minhas garras.

Mas não sei por que, depois de algumas semanas, a árvore foi ficando feia, feia... E a Arlete, triste, falou que ela tinha morrido...

26

Com o tempo, nós nos
conhecemos melhor.
Eu estava feliz ali.
Era gostoso ser livre
e poder brincar.

Porém Arlete não parecia feliz. Algumas vezes eu a via chorando, e escutei quando ela disse a uma amiga:
- Ainda não me acostumei a morar sozinha. É triste pra mim.

Entendi que, antes de eu chegar, ela vivia com alguém, que não estava mais lá.
Decidi que cuidaria dela, como ela cuidava de mim.

MAS DE QUE MANEIRA EU FARIA ISSO?

Um dia, vi duas lágrimas escorrendo
pelo seu rosto.
Eu precisava fazer alguma coisa!
Então me aproximei e, pela primeira vez,
deixei que ela me pegasse no colo.
Foi tão estranho...
Comecei a sentir uma
coisa esquisita dentro
de mim, que eu não
sabia o que era.
Até pensei que fosse
fome!

Mas logo descobri. Era o meu incrível motorzinho de fazer ROM-ROM!
E foi maravilhoso. Quanto mais meu motorzinho trabalhava, mais ela sorria.

As lágrimas secaram.
Eu tinha um superpoder.

MEU SUPERPODER ERA O AMOR!

31

Toda vez que eu via a Arlete triste
usava meu superpoder do ROM-ROM
e olhava nos olhos dela,
até ela começar a sorrir.
E assim vivemos
felizes por alguns anos...

Só que a história não acaba aqui.

Um dia Arlete chegou em casa com uma novidade.

35

Ela trouxe para casa um menino.
Um menino pequeno.
Não, não era um bebezinho!
Eu me assustei e corri.
Me escondi no lugar mais
secreto da casa!
Um esconderijo que eu mesmo
fiz, bem mais gostoso e quentinho
do que embaixo daquele fogão.

37

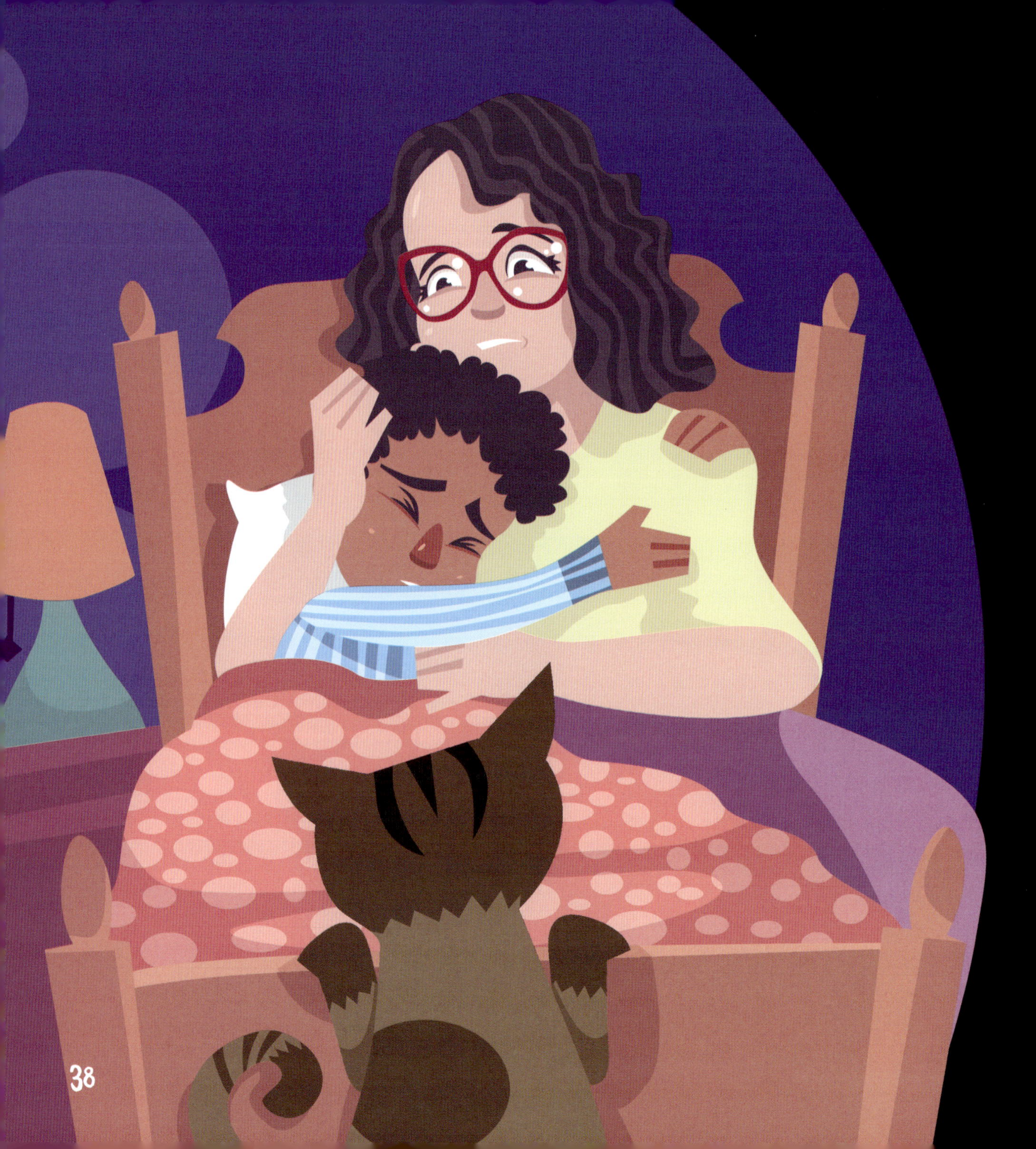

O menino se chamava Fernando.
Era bonzinho. Meio calado. Mas à noite, tinha
pesadelos terríveis e gritava muito!
Então Arlete corria até
seu quarto e o acalmava.
Fernando também
precisava de ajuda.

Ele estava com medo,
como eu, quando cheguei.

40

Nas noites em que ele se agitava eu corria, me deitava ao seu lado e ligava meu superpoder. Isso deu tão certo que acabamos virando

OS MELHORES AMIGOS!

Depois do Fernando, também chegaram o Elvis e a Dona Lara. Cada um de nós veio de uma maneira diferente, e sentiu medo ou tristeza em algum momento.

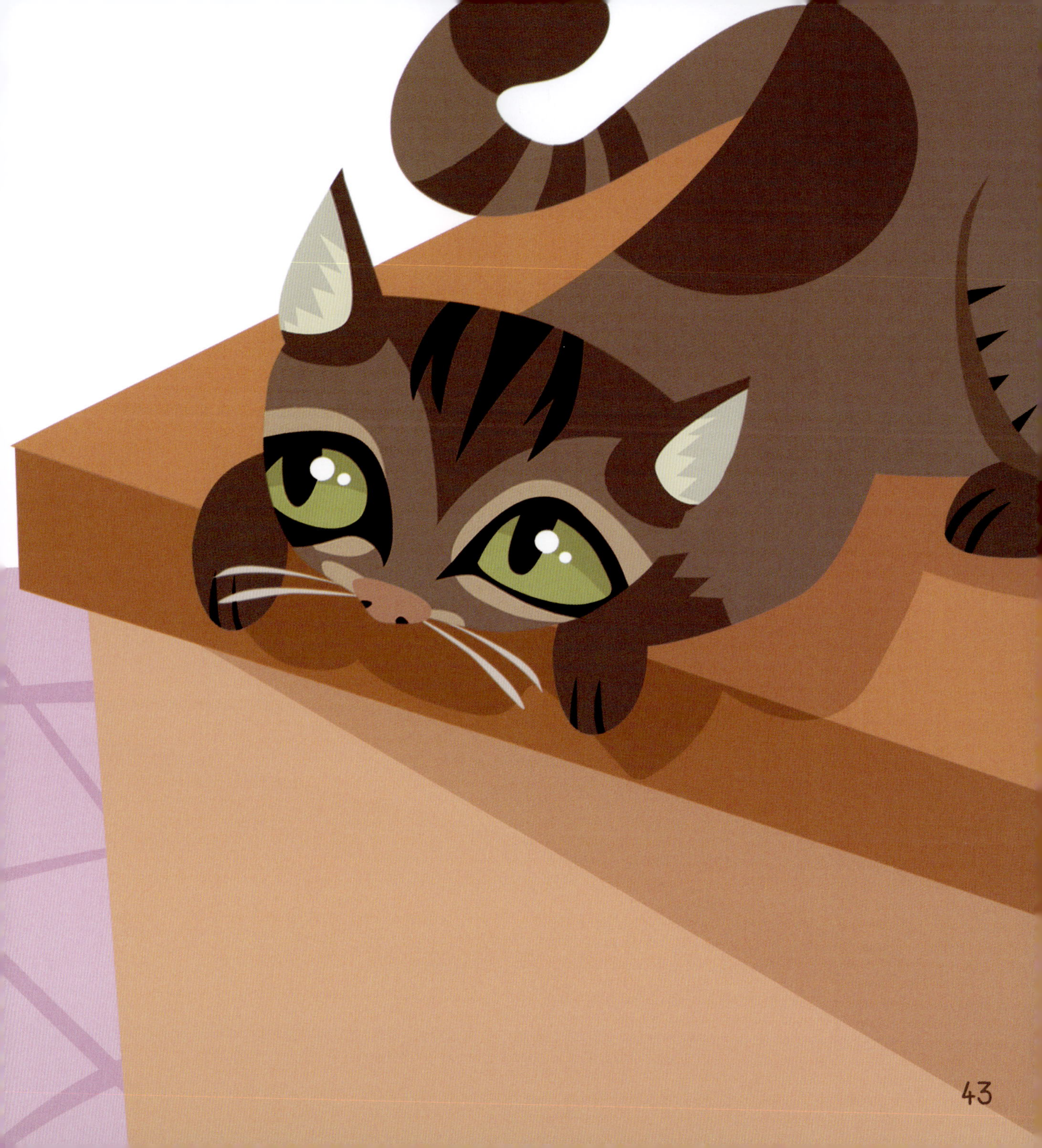

Os anos passaram e já não
sou tão aventureiro, nem
tenho tanta agilidade.
Acho que envelheci.
Hoje gosto de longos cochilos
num lugar quentinho só meu.

45

E formamos a melhor família do mundo:
Arlete, Fernando, Elvis, Dona Lara

e eu, Malinha, que contei esta história.

Estou velhinho, com quase 27 anos, e venho tentando ensinar ao Elvis o poder do ROM-ROM.

ROM-ROM, Elví

Au, Au, Au, Au!

Mas tenho o pressentimento de que não será nada fácil!

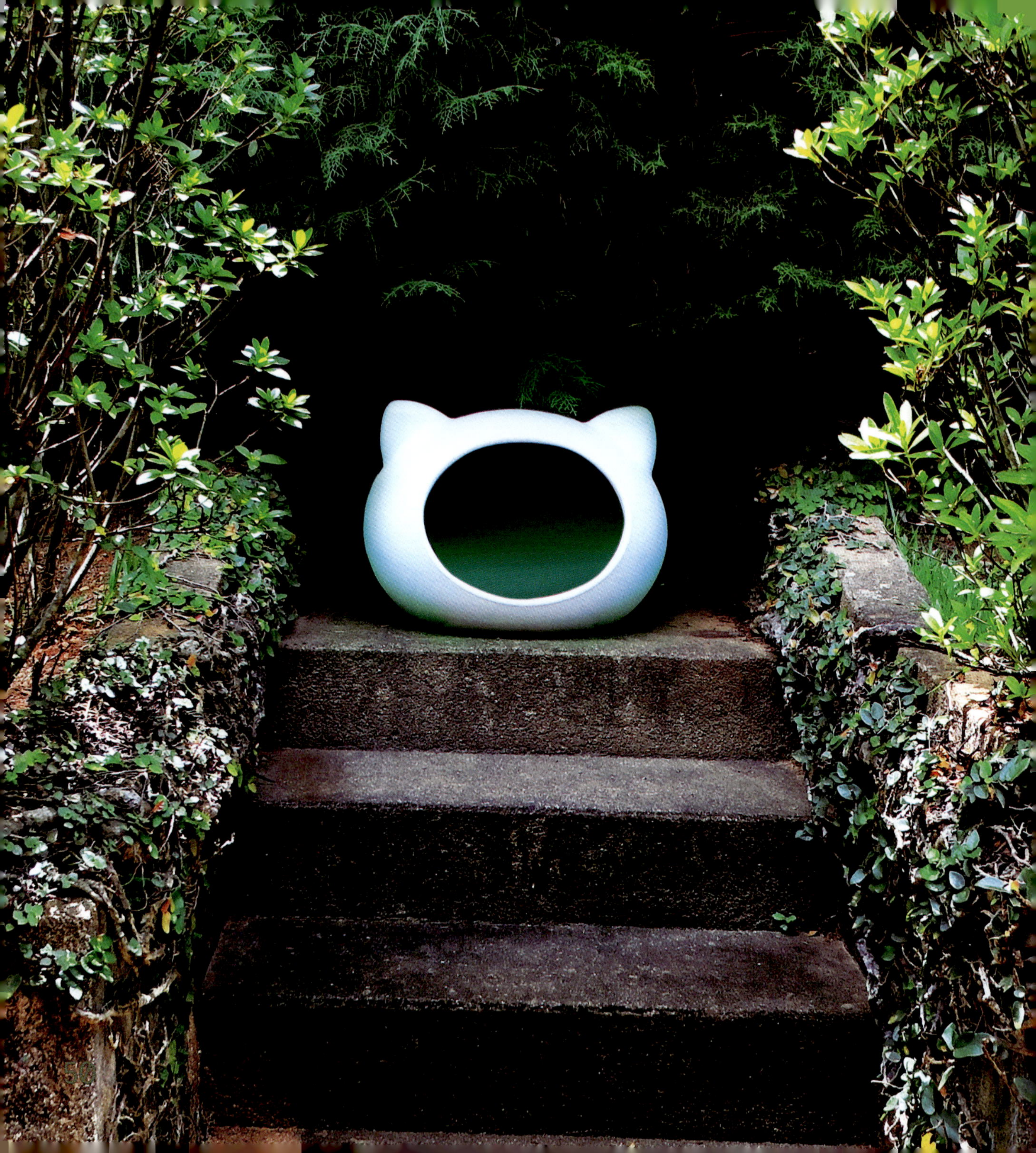

NOTA DA AUTORA

Olá, sou Arlete, fui tutora do Malinha durante a maior parte da sua vida. Malinha tem seu ano de nascimento estimado pelos veterinários em 1996. Um gato do século passado!

Ele morreu em maio de 2023, com 27 anos. Uma idade muito avançada para um gato!

Sua história em minha companhia está documentada nas redes sociais do seu amigo Elvis. Durante o final de sua vida, Malinha foi um gato protagonista, conquistando cada vez mais seguidores.

As redes sociais nas quais a história do Malinha é contada são:
TikTok: @elvis.quimera
Instagram: @elvisquimera

Ele foi um gato muito amado.
E para sempre estará entre nós!

Arlete Bačić
Primavera de 2023

BIOGRAFIAS

Arlete Bačić
Autora

 Olá, meu nome é Arlete Bačić, tenho 48 anos. Sou uma paulistana apaixonada pela cidade de São Paulo, descendente de croatas e portugueses. Desde a infância, deixava meus pais com os cabelos em pé ao trazer para casa animais abandonados que encontrava, muitas vezes atropelados ou machucados. Depois fazia cartazes e saía pelas ruas até que conseguisse um tutor para eles. Antes do Malinha, fui tutora do Encrenca, que partiu com 18 anos, e de quem cuidei desde recém-nascido. Sou mãe do Fernando, um presente que a vida me deu, quando ele tinha pouco mais de dois anos. Sem dúvida, um grande encontro de almas. Dizem que sou uma romântica incurável, amo todas as forças da natureza, adoro ventanias e tempestades. Converso com plantas e bichos de toda espécie, nossos irmãos espirituais no início da evolução. Acredito que, se todos respeitassem a natureza, os animais e o próximo, teríamos um mundo perfeito.

Rafael Limaverde
Ilustrador

 Olá, sou o Rafael. Nasci em Belém (PA), mas moro em Fortaleza (CE) há 38 anos. Além de ilustrador, sou xilogravurista, grafiteiro e artista visual, formado em Artes Visuais pelo Instituto Federal do Ceará (IFCE). Iniciei minha carreira como ilustrador em jornal e já deixei meus traços e minhas cores estampados em mais de 40 livros por diversas editoras do país. Sou um dos organizadores do "Festival de Ilustração de Fortaleza", evento realizado dentro da Bienal do Livro do Ceará, e também faço trabalhos como curador e documentarista. Bom, espero que tenham gostado da leitura e, se quiserem conhecer um pouco mais dos meus rabiscos, acessem aqui:
WWW.FACEBOOK.COM/ILUSTRASRAFAEL

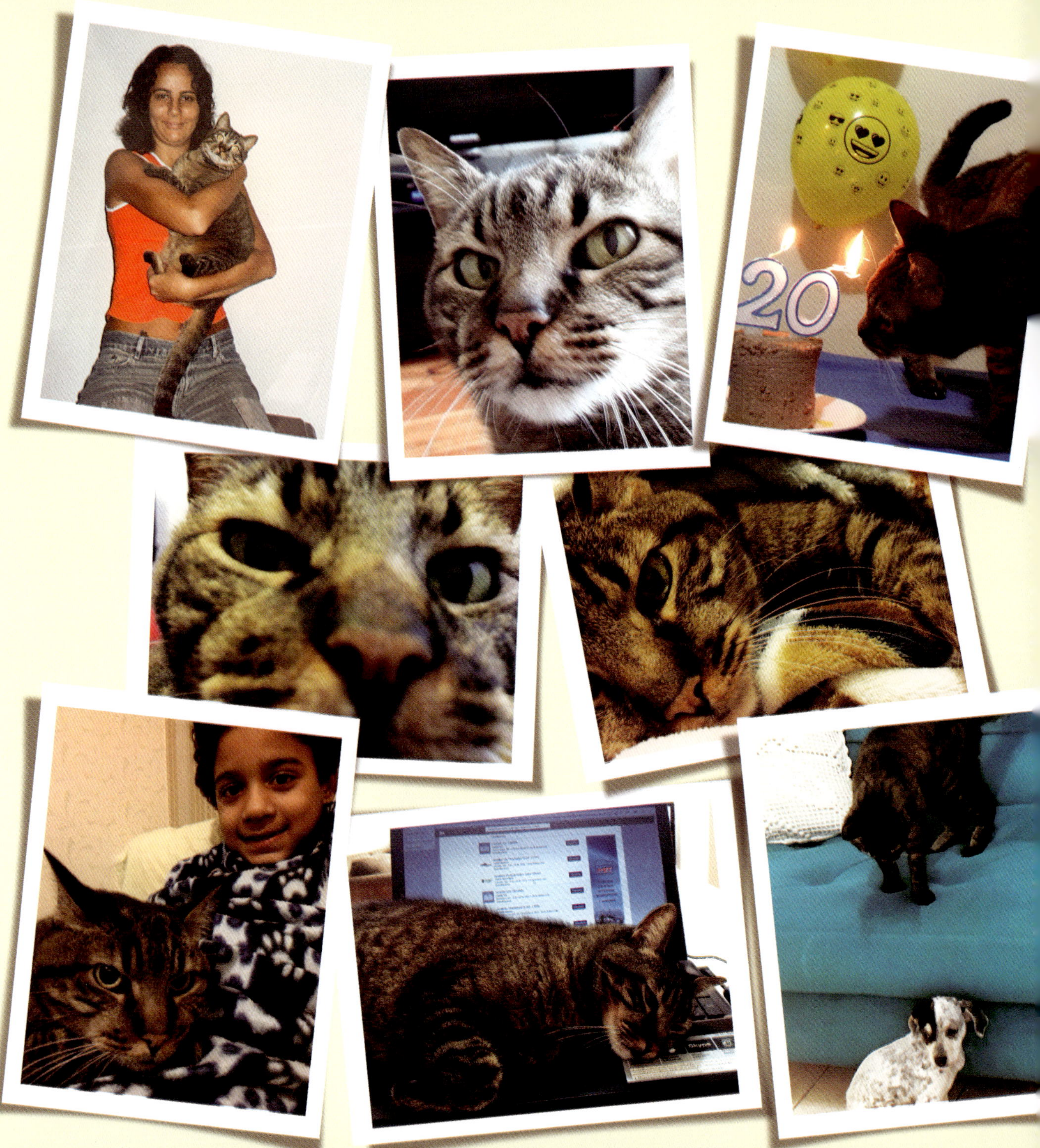
20

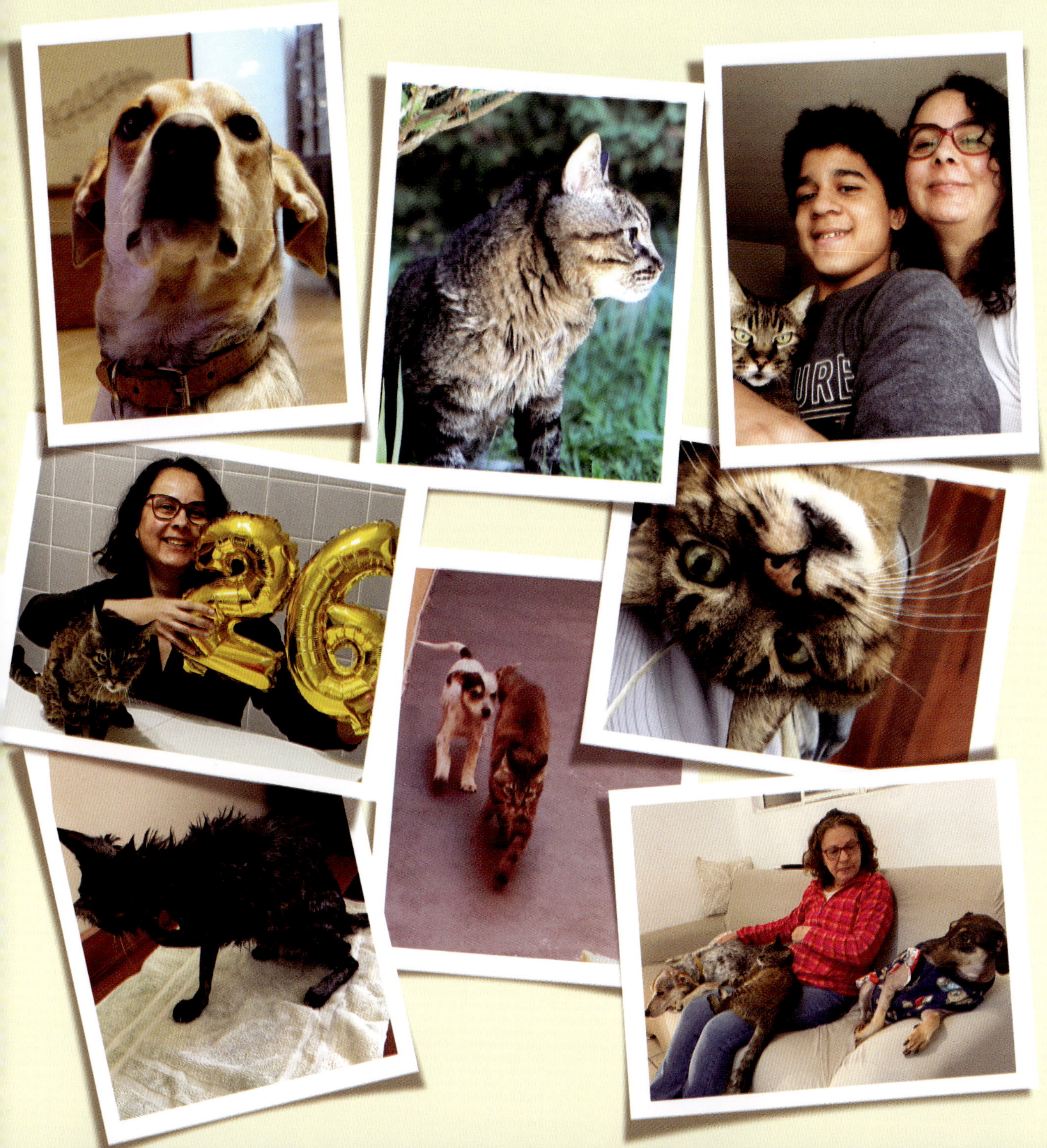

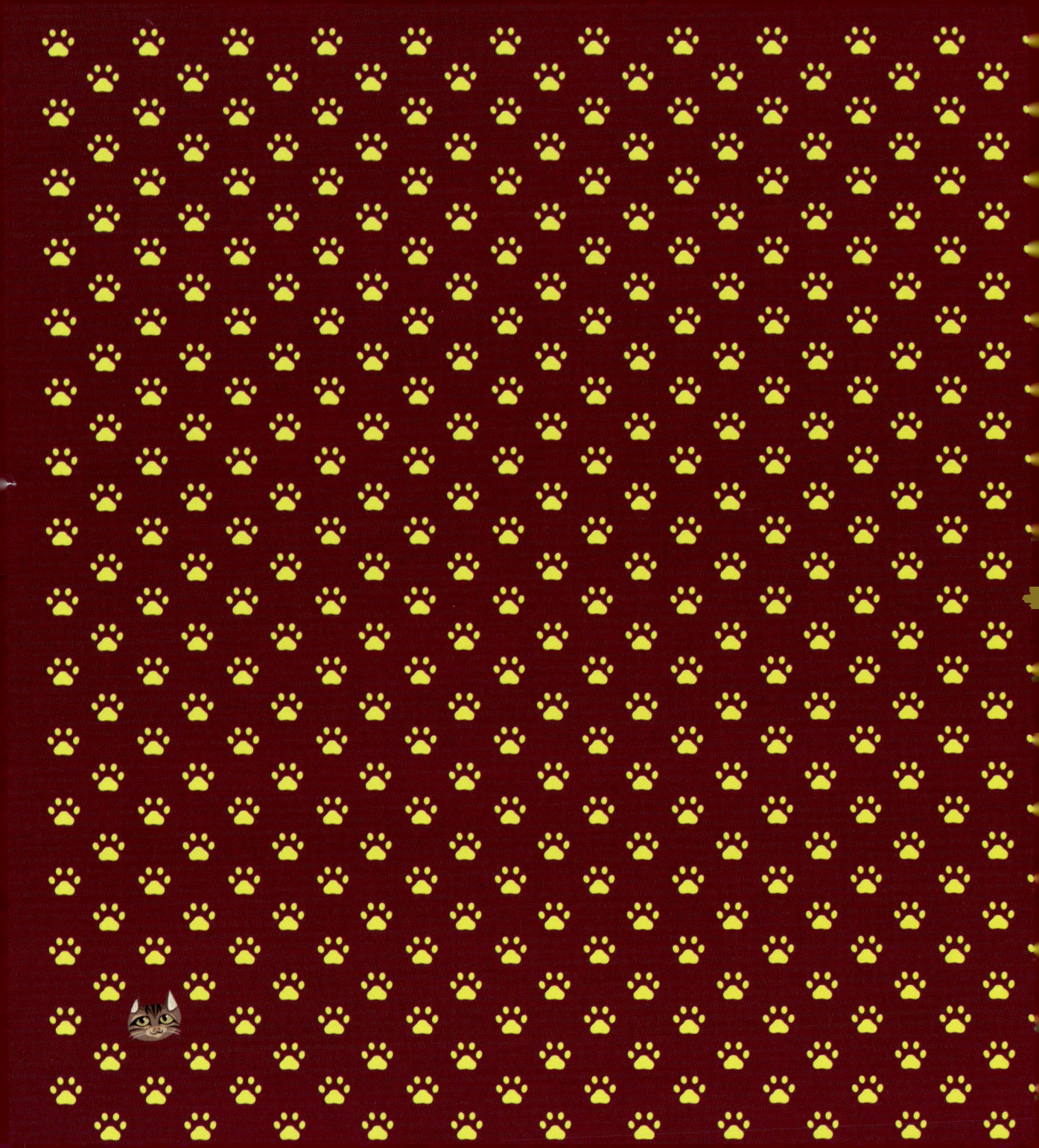